GW00802039

Dirección editorial:
Departamento de Literatura
Infantil y Juvenil

Dirección de arte:
Departamento de Imagen y Diseño GELV

Diseño de la colección:
Manuel Estrada

*El 0,7% de la venta de este libro
se destina al Proyecto «Mejora
de la Calidad y oferta educativa
del ciclo diversificado del Instituto
Tecnológico Quiché de Chichicastenango
(Guatemala)», que gestiona la ONG
Solidaridad, Educación, Desarrollo (SED).*

1ª edición, 8ª impresión, marzo 2011

© Del texto: Gabriela Keselman
© De las ilustraciones: Marcelo Elizalde
© De esta edición: Editorial Luis Vives, 2004
   Carretera de Madrid, km. 315,700
   50012 Zaragoza
   Teléfono: 913 344 883
   www.edelvives.es

ISBN: 978-84-263-5283-5
Depósito legal: Z-970-2011

Talleres Gráficos Edelvives (50012 Zaragoza)
Certificados ISO 9001
Printed in Spain

FICHA PARA BIBLIOTECAS

ALA DELTA

EDELVIVES

¡Sólo a mí me pasa!

Gabriela Keselman

Ilustraciones
Marcelo Elizalde

Para Nelly, porque dice
que sólo a mí me pasan
cosas increíbles.

G. K.

Teo se despertó con un humor de rinoceronte.
Bueno, de rinoceronte malhumorado.

Se tocó el chichón que tenía
en la frente.
Observó el moretón que tenía
en el brazo.
Y quiso mover el pie torcido
que tenía sobre un almohadón.
    —¡Qué mala suerte!
—se lamentó—.
¡¡¡Sólo a mí me pasa!!!

Teo se había caído
con sus patines nuevos.

Justo, justo, unos días antes
del cumpleaños de su amiga Mila.

Y peor aún.

Justo, justo, unos días antes
del gran partido de fútbol.

Y peor aún.

Justo unos días antes de todo
lo que pensaba divertirse.

Teo cogió su humor
de rinoceronte malhumorado.
Rompió la tarjeta que había
dibujado para Mila.
Furioso, tiró la pelota
contra la pared.
Y se aburrió más
de lo que había pensado.
Hasta intentó pellizcarse
la venda del pie.
Por si esto era una pesadilla.

En ese momento, apareció
su amigo Maxi, que iba a visitarle.
Maxi vivía en la casa de al lado.
Jugaba con él en el recreo.
Y siempre volvían juntos
del colegio.

Teo resopló.

—¡Maxi, mira cómo estoy!
—exclamó—. ¡¡¡Sólo a mí me pasa!!!

Maxi se sentó en el borde de la cama y le dio media chocolatina.

—Te equivocas —le dijo—. A todos nos pasan cosas.

Teo negó con la cabeza.

—No te creo
—murmuró desconfiado.

—Fíjate en lo que me pasó hoy
—dijo Maxi.

Teo escuchó a regañadientes.

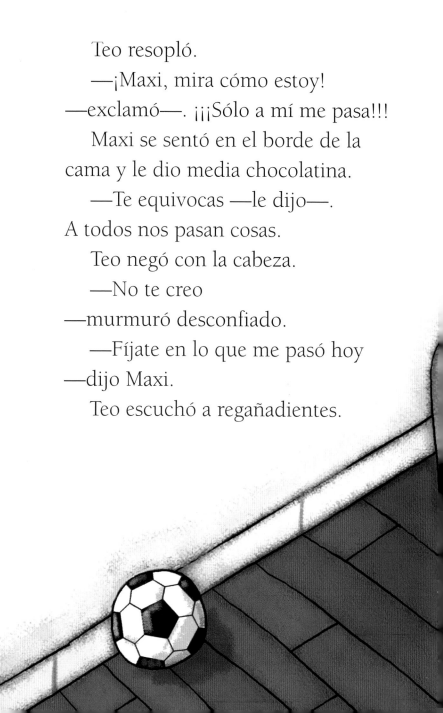

—Estábamos en clase.
De repente, entró un moscardón
por la ventana. La seño trató
de espantarlo con una regla.
Parecía un pirata con una espada.
Flor lo persiguió con sus trenzas.
Pero se le hicieron un nudo
y no lo pudo desatar.
Camila movió los brazos como
un ventilador. Y casi sale disparada
hacia el techo. Total, que nadie
podía echar al moscardón.
Hasta que yo salvé la situación.
Me quité un calcetín y lo sacudí
delante del insecto.
El pobre se desmayó.

—Eres un héroe —sonrió Teo.

—Por poco rato. Mi madre
me ha ordenado que pida disculpas
al moscardón y a toda su familia.
Y además, que me cambie
de calcetines tres veces al día.

Teo se rió tanto que ya no parecía
un rinoceronte malhumorado.

Maxi tenía que volver a casa.

Así que le prometió visitarle
al día siguiente.

Y se marchó.

Teo amaneció con su chichón,
aunque ya no le dolía tanto.
Y su moretón estaba en su brazo,
pero menos violeta.
Eso sí, su pie vendado estaba
exactamente igual.

Así que se colocó nuevamente
su humor de rinoceronte.
Y no se lo quitó en todo el día.

Por la tarde, Maxi entró
en su cuarto.

Teo bufó:

—¡Maxi, estoy fatal!
—se quejó—. ¡¡¡Sólo a mí me pasa!!!

Maxi se sentó en el suelo
y le dio media galleta.

—Teo, no te pasan cosas sólo
a ti —insistió.

Teo refunfuñó un poco.

—Fíjate en lo que me pasó hoy
—dijo Maxi.

Teo se recostó y escuchó
otra historia increíble.

—Mi abuela empezó a cortarme
el pelo. De pronto, miró el reloj.
Recordó que la farmacia
estaba a punto de cerrar.
Y necesitaba su jarabe especial
para la tos. Dejó las tijeras
y salimos de casa
a toda prisa.
Total, que me quedó
media cabeza con
el pelo corto y media
con el pelo largo.
    Teo soltó una risita.

—En la calle, la gente
me miraba, pero no decía nada.
Hasta que un niño pequeño
se puso a gritar:
«¡Un marciano, un marciano!».
Me dio tanta vergüenza que quise
irme a Marte de verdad,
pero mi abuela no me dejó.
Me compró un casco
de montar en bici.

Teo se rió a carcajadas.
Ya no parecía un rinoceronte
malhumorado.

Maxi tenía que regresar a casa.

Pero le prometió volver al día siguiente.

Y se fue.

Teo se despertó con el chichón
en la cabeza, aunque casi no se veía.
Su moretón estaba en el mismo
lugar, eso sí, un poco más desteñido.
Pero su pie seguía vendado
y apoyado en el almohadón.

Así que Teo se puso otra vez
su humor de rinoceronte
malhumorado. Bien puesto.

Por la tarde, Maxi volvió
a visitarle.

Teo gruñó:

—¡Esto es horrible! —gritó—.
¡¡¡Sólo a mí me pasa!!!

Maxi se sentó en una silla
y le dio medio caramelo.

—No digas eso, Teo.
¡A mí también me pasan cosas!

Teo seguía convencido de que era
el único al que le pasaban cosas.

—Fíjate en lo que me pasó hoy
—dijo Maxi.

Teo se encogió de hombros.

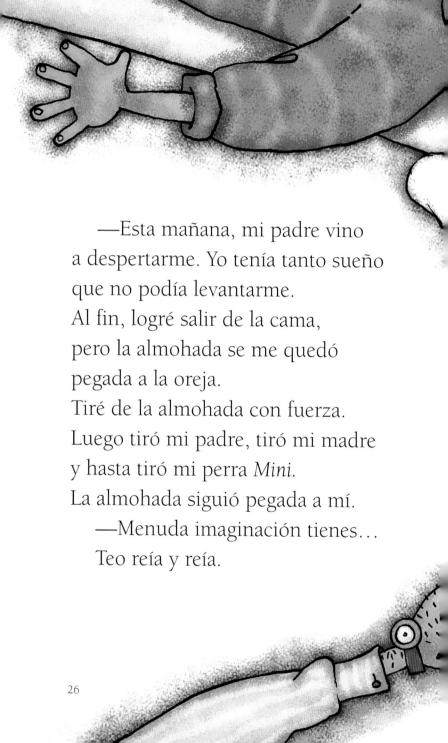

—Esta mañana, mi padre vino
a despertarme. Yo tenía tanto sueño
que no podía levantarme.
Al fin, logré salir de la cama,
pero la almohada se me quedó
pegada a la oreja.
Tiré de la almohada con fuerza.
Luego tiró mi padre, tiró mi madre
y hasta tiró mi perra *Mini*.
La almohada siguió pegada a mí.
    —Menuda imaginación tienes…
    Teo reía y reía.

—Así no podía ir al colegio,
claro. Entonces mi padre me dejó
dormir cinco minutos más.
Y cuando me despertó
nuevamente… ¡Adivina!
La almohada estaba en su sitio.
Llegué tarde a clase y la seño
no me creyó.

Teo se partía de risa.
Ya no podía encontrar su cara
de rinoceronte malhumorado.

Maxi tenía prisa por volver
a su casa.

Como siempre, prometió
ir a verle al día siguiente.

Y salió corriendo.

Teo abrió un ojo.
Su chichón ya no estaba.
Su moretón era apenas
una manchita.
Pero su pie seguía vendado
y no le permitían caminar.
Entonces Teo buscó rápido
su humor de rinoceronte
malhumorado.
Y lo encontró.

Como los días anteriores, Maxi
fue a verle.

Teo gimió, chilló y protestó:

—¡¡¡Sólo a mí me pasa!!!

¡¡¡Sólo a mí me pasa!!!

¡¡¡Sólo a mí me pasa!!!

Maxi se tumbó en la alfombra
y le dio medio polo.

—¡A todos nos pasan cosas!

¡A todos nos pasan cosas!

¡A todos nos pasan cosas!
—repitió Maxi.

Teo frunció la nariz.

—Fíjate en lo que me pasó
hoy —dijo Maxi.

Teo alisó la nariz.

—Mi tío me llevó al dentista.
El dentista me regaló un cepillo
y un tubo de pasta.
Y me dijo que me lavase bien
los dientes. Cuando volvimos
al coche, empecé a practicar.
Abrí el dentífrico y ¡hala!,
a cepillarme. Se me llenó
la boca de espuma.
Se cubrió el asiento de espuma.
A mi tío le entró espuma
en los ojos.
La espuma salía por la ventanilla.
La espuma cruzaba la calle…

—¡Maxi, qué cosas se te
ocurren! —se rió Teo.

—Vinieron los bomberos, pero
no sabían qué hacer. Yo quise
disculparme, pero sólo
me salía espuma… Enjuagaron
todo con la manguera: la calle,
la ventanilla, los ojos de mi tío,
el asiento, y hasta los bomberos
quedaron limpios y brillantes.
Eso sí, ahora sólo me lavo
los dientes en el cuarto de baño.

Teo se tronchaba de risa.
Se reía tanto que no pudo decir
adiós a su amigo.

Al día siguiente, Maxi tocó
el timbre.

La madre de Teo abrió y Maxi
entró a toda velocidad.
Sin aliento ni para saludar.
¡Y se llevó una sorpresa
de las buenas!

Teo no estaba
en su cuarto.

Maxi le buscó debajo
de las mantas.
Dentro del armario.
Entre los juguetes.
Teo no aparecía.
Ni su chichón.
Ni el moretón de su brazo.
Ni siquiera su pie vendado.

Sólo encontró una nota
encima del almohadón:

¡¡¡Me he curado!!!
¡¡¡

Estoy en el
cumpleaños de Mila.
Y ganando el partido
(bueno, seguro que gano)
y divirtiéndome ~~todo~~
más de
lo que pensaba.

Maxi no se lo podía creer.
Había visitado a Teo todos los días,
le había hecho reír…
¡Y ahora que Teo se había curado,
se había ido sin avisarle!

La madre de Teo quiso explicarle.
Pero él no estaba de humor
para escuchar.

Caminó mirando al suelo.
Miró los escalones,
miró las baldosas, miró una miga
de pan, miró el felpudo,
miró el césped,
miró una hormiga…

Al llegar a la acera, levantó
la cabeza despacio.

¡Y ahí estaba Teo!
Sin chichón, sin brazo amoratado
y sin venda en el pie.

Teo se acercó sonriendo.
Le dio a Maxi un trozo de tarta
del cumpleaños de Mila.
El que tenía más fresas.

Le dejó ser el primero
en dar patadas a la pelota.
Y meter un gol.
Le invitó a divertirse
chiquicientas veces más
de lo que pensaba.
Y luego le abrazó muy fuerte.

—Maxi, tener un amigo
tan bueno como tú
—exclamó orgulloso—.
¡¡¡Sólo a mí me pasa!!!